Altea
Santillana

© 2004, Ediciones Santillana S.A.
Beazley 3860 (1437) Buenos Aires

© De esta edición:
2004, Santillana USA Publishing Company, Inc.
2105 NW 86th Avenue
Miami, FL 33122, USA
www.santillanausa.com

Altea es un sello editorial del **Grupo Santillana**. Éstas son sus sedes:

ARGENTINA, BOLIVIA, CHILE, COLOMBIA, COSTA RICA,
ECUADOR, EL SALVADOR, ESPAÑA, ESTADOS UNIDOS,
GUATEMALA, MÉXICO, PANAMÁ, PARAGUAY, PERÚ, PUERTO RICO,
REPÚBLICA DOMINICANA, URUGUAY y VENEZUELA.

ISBN: 1-59437-567-4

Impreso en Colombia por D'vinni

EL BAÚL DE
MIS FIESTAS

Un libro sobre los colores

COLECCIÓN
EL BAÚL

COMO ES MI CUMPLEAÑOS
MI MAMÁ HIZO UNA TORTA,
LA ADORNÓ CON GOLOSINAS
BLANCAS, AZULES Y ROJAS.

TODOS ME TRAEN REGALOS
Y ME ESTAMPAN BESUCONES.
LAS BOCAS CON CHOCOLATE
ME DEJAN MANCHAS MARRONES.

A LA FIESTA DE LA ESCUELA
LLEVO UN TRAJE DE ASTRONAUTA
CON UN CASCO TRANSPARENTE
Y UN PAR DE GUANTES NARANJA.

MI PRIMITA MACARENA
SE DISFRAZÓ DE BRUJITA.
NEGRO ES SU GORRO DE PUNTA,
NEGRA, SU LARGA CAPITA.

CUANDO LLEGA NAVIDAD
LLENO TODO EL ARBOLITO.
LE PONGO ESTRELLAS PLATEADAS
Y EN LA PUNTA, UN ANGELITO.

LA NOCHE DE NOCHEBUENA
SE APILAN MUCHOS PAQUETES.
EL DE LUNARES CELESTES
SEGURO TIENE UN JUGUETE.

PASTO Y AGUA LES PREPARO
A LOS CAMELLOS CANSADOS,
PORQUE TRAEN A LOS REYES
DESDE UN LUGAR MUY LEJANO.

¿DE QUÉ COLOR
ES EL AGUA?
¿Y EL PASTO?

¡VAMOS PRONTITO A LA CAMA!
LOS REYES VAN A VENIR.
UNO ES ALTO, OTRO ES GORDO,
OTRO TIENE BARBA GRIS.

EN LA MURGA "LOS PICHONES",
CUANDO EMPIEZA EL CARNAVAL,
CON NUESTROS TRAJES BRILLANTES
TODOS VAMOS A BAILAR.

LLEVAMOS CHALECOS VERDES
PARA HACER MUCHAS PIRUETAS.
LOS FLECOS SON AMARILLOS,
VIOLETAS, LAS CAMISETAS.

¡Disfruta todos los libros de la colección EL BAÚL!
mientras aprendes importantes conceptos

EL BAÚL DE
MIS AMIGOS
Un libro sobre el tiempo y las estaciones

COLECCIÓN
EL BAÚL

EL BAÚL DE
MIS FIESTAS
Un libro sobre los colores

COLECCIÓN
EL BAÚL

Santillana

EL BAÚL DE
LOS OFICIOS
Un libro sobre las vocales

COLECCIÓN
EL BAÚL

Santillana

COLECCIÓN
EL BAÚL

EL BAÚL DE
MIS JUGUETES

Un libro sobre figuras y cuerpos

EL BAÚL DE
MI MUNDO

Un libro sobre los tamaños

EL BAÚL DE
LOS ANIMALES

sobre los opuestos

EL BAÚL DE
LOS TRANSPORTES

Un libro sobre los números

COLECCIÓN
EL BAÚL

EL BAÚL DE
MIS PASEOS

Un libro sobre nociones espaciales

COLECCIÓN
EL BAÚL

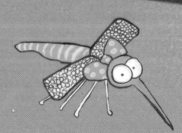

Santillana

Altea

Santillana

© 2004, Santillana USA Publishing Company, Inc.
2105 NW 86th Avenue
Miami, FL 33122, USA
www.santillanausa.com
Impreso en D'vinni
Santafé de Bogotá, Colombia